KB022977

강 상 기 시인

1946년 전북 임실에서 태어났다. 1966년 월간종합지 『세대』 신인문학상과 1971년 동아일보 신춘문예로 등단하였다. 1982년 오송회 사건에 연루되어 옥고를 치렀고 17년간 교직을 떠나야 했다.

시집으로 『철새들도 집을 짓는다』 『민박촌』 『와와 쏴쏴』 『콩의 변증법』 『조국 연가』 『고래사냥』, 시선집 『오월 아지랑이를 보다』 등이 있고, 산문집으로 『빗속에는 햇빛이 숨어 있다』 『역사의 심판은 끝나지 않았다』(공저) 『자신을 흔들어라』 등이 있다.

potica@hanmail.net

웃음

b판시선 70

강상기 시집

웃음

도서출판 b

생선 가게 옆에 꽃 가게가 있어 생선 가게에서 고등어를 사 들고 꽃 가게에 들렀다.

꽃 향과 생선 비린내가 뒤섞였다.

꽃가게 주인이 "꽃이 비린내를 싫어하겠어요."라고 말했다.

나는 계면쩍게 웃으며 "생선 요리에 꽃을 얹어 보세요. 꽃은 사랑받고 생선은 품격이 올라가요."라고 말했다.

강상기

| 차 례 |

| 시인의 말 | 5

제1부 단시

나뭇잎   13

연잎   14

새벽   15

생밤   16

그의 행복   17

반론   18

눈물 주세요   19

파도   20

달   21

시계추   22

씨글   23

통일문   24

열사   25

칸나   26

통일   27

지뢰 지역 28

낙타 29

나무의 겸손 30

시력 31

하수구의 쥐 32

어머님의 끝 34

냉 35

외로움 36

개화 37

놀이터 38

화첩 39

눈이 없어도 보인다 40

사립문 41

별 42

웃음 43

무지개 44

진주 캐기 46

뺨 47

예초기를 돌리며 48

농약 폭탄   49

제주 홍동백   50

장면 · 1   51

장면 · 2   52

어항 속   53

뜻 모를 뜻   54

어느 화가   56

애벌레   57

길을 걸으며   58

짠 바다   59

짐   60

굼벵이   61

별 사랑   62

노을 진 뒤   63

천년 은행나무를 보며   64

여행의 시작   65

꽃   66

제2부 장시

금강산   69

바다의 시스템   82

안개세요?   94

|해설| 심종숙   107

제1부

단시

나뭇잎

저 자작나무 나뭇잎은 반짝반짝
저수지의 윤슬을 닮아 나부끼는가

단 하나 헛되이 가진 바 없이

서 나뭇잎은 평생 무잇을 비리
저렇게 쉼 없이 나부끼는가

연잎

비가 내린다

말라가는 연못의 갈증 난 연잎에
비가 내린다

작은 빗방울들이
뒤집어진 우산의 연잎 위에 미끄러진다

빗방울이 많이 모이면
살며시 고개 숙여
빗방울을 비운다

줄기가 꺾이지 않을 만큼
빗방울을 담는다

새벽

창문은 이 아침 희미한 호박빛으로 밝아온다

종소리는 귀 있는 자의 마음에 은은하다

생각이 거룩한 누군가가 목을 비트는지

닭 울음소리는 들리지 않는다

생밤

눈이 내린다고 매화가 피지 않겠는가

냉장고에 넣어둔 생밤을 꺼내보니
봄이 오는 것을 어찌 알았을까

새싹이 배시시 웃고 있다

그의 행복

손가락, 발가락이 다 떨어져 나간
한센병 환자가 있다

눈은 짓물러 시력을 잃었다

쓰라린 혀를 쓰다듬어 가며
점자로 된 책을 읽는다

반론

그물에 걸리지 않는 바람이라고

그런데
왜
그물이 흔들리나

진흙은 더럽다고

그런데
왜
연꽃이 피나

눈물 주세요

눈물 많은 세상 살아오면서

이제는
눈물샘마저 메말라 버렸다

나는 약국에 들어있다
— 눈물 있나요?
— 네

나는 온갖 참사에 흘릴 눈물을 샀다

파도

나는 따로 행할 일이 없다

거기 그대로 있는 바다 위에서

쫓는 자와 쫓기는 자가

오직 나일 뿐이다

달

호수에 달이 든다

소리 없이

그렇게

내 마음속에 들어온

당신,

시계추

평생 노동을 하였으나
그 끝은
멎어버린 너의
심장일지니

씨글

씨글은 사과 씨와 같다

씨를 쪼개보면 아무것도 없는데

서사와 묘사의 나무로 자라고

비유와 상징의 꽃이 피고

맛과 향을 머금은 감동의 열매가 열린다

통일문

누가 통일문에 자물쇠를 걸었는가

마음을 걸어 잠그고
통일문의 열쇠를 찾는 이여

누가 당신 마음에 자물쇠를 걸었는가

당신 마음을 활짝 열어보라
통일문은 거기 열려 있다

열사

아스라한
절벽

통꽃으로 투신하는
동
백
꽃

칸나

담장 너머
핏빛 저녁노을

불구의 몸을
베란다 의자에 기대앉아

붉은 칸나의 다비식을
고요히 바라본다

통일

그것은
저절로
내 마음속에서
흘러나오는 노래

그것은 여기까지
나를 데려온 목마름

오, 목마름이여

물을 찾는 자가
비로소 물을 만난다

지뢰 지역

재선충으로
금강송이 벌겋게 죽어간다

방제할 수 없는
대인 지뢰 매설 지역
접근 금지

아직도 휴전 중인 나라
이 나라 곳곳 외인부대
지뢰가 널려 있다

낙타

노예의 삶을 자처한

그는 성직자이다

나무의 겸손

나무는 많은 열매로 무거울 때
대지를 향해 가지를 내린다

나무의 풍요함이 나무를 겸손하게 한다

나무는 다시 하늘을 향해 설 수 있도록
자신의 열매를 지상에 바친다

시력

내가 너를 본다
네가
나를 본다

한 생명을 응시한다

마음속에 묻혀 있는 눈을
똑바로 뜨고

너를 보는 것은
나를 보는 것이다

하수구의 쥐

오물에 젖은 쥐가
하수구 밖으로 얼굴을 내민다
빛이 그리워서일까
오물 속 삶이 지겨워서일까

고양이에 질겁을 하는 동료들,
늙은 쥐들은 움직일 만한 체력이 없어
바깥 동정 살피기에는 위험하다

젊은 쥐들은 전투적으로 바깥을 동경하였으나
고양이나 개의 습격을 경험한 쥐는
바깥세상을 두려워했다

오물 속에서는 서로를 분간할 수가 없다
늙은 부모의 고통도 알 수 없고
하루하루 오물 속 먹이 찾는
자식의 답답한 마음 깊이를 부모가 헤아릴 수 없다

비명과 울음이 넘치는 하수구 생활에
역겹게 적응하거나, 적응 못 해
물건으로 떠내려가는 쥐들도 있었다

하수구의 삶은 형벌이었으나
먹이를 거기서 구하는 게 가장 쉬웠다
뜨뜻한 구정물에 음식 찌꺼기가 떠내려왔으니까

빛이 그리워서일까
하수구 삶이 지겨워서일까
오물에 젖은 쥐가
하수구 밖으로 얼굴을 내민다

어머님의 끝

산소마스크를 떼어냈다

순간,
어머님의 눈가에 맺히는 이슬

아직도 남은
어머님의 실개천

병 病

병은 받는 자의 고통이다
오직 병과 함께 할 때만
진정한 자신이 될 수 있다

병은 그대 홀로 아파하는 자유이다
마음은 주장을 멈춘다
그리고 가슴이 느끼도록 허용한다

병은 가슴의 아픈 노래이다
나로부터 터져나가는 불꽃을
내 안에 있는 사랑으로 다시 받는다

병은 긍지와 존엄성을 알게 한다
마침내 그 무거운 짐을 덜고
기쁨으로 일어서야 함을 안다

외로움

저 바닷가 바위섬에
등대 하나
사람 하나

저 산 숲속에
산막 하나
사람 하나

개화

연잎 위에 이슬방울이 모여 있다
간밤 개구리 눈물이 한데 모여
투명한 슬픔으로 활짝 피어났다

놀이터

나의 어린 시절을 아이들이 놀고 있다

해 질 무렵 아이들이 웃으며 즐겁게 노는 모습이
주름진 눈가의 눈물로 흘렀다

이제 추억을 바라볼 뿐

돈으로도 살 수 없는 그 시절을
지금 저 아이들이 나를 울리고 있다

화첩

온통
꽃밭인데

한쪽에서는
웃음꽃

또 한쪽은
지는 꽃

눈이 없어도 보인다

그녀는 독립 운동가였다
잔인한 일제 형사의 고문으로
두 눈이 뽑혔다

그녀는 외쳤다

나는 지금 두 눈이 없다
그러나 일제가 망하고
우리가 승리하는 날이 환하게 보인다

사립문

어느 산골 폐가 사립문이 열려 있다
누군가 나고 들고 반복했을 사립문
한쪽으로 기울어 삭아가고 있다
아내의 전송을 받으며
나라를 구하겠다고 떠난 남편
어머니의 손 나부낌을 뒤로 하고
돈 벌러 떠난 아들딸
사연 많은 사립문 위로
해방과 전쟁이 구름으로 흘러갔다
가족을 만나는 기쁨을 기다려
사립문 앞에서 서성거렸던 숱한 날들은 산으로 갔다
오늘도 돌아올 사람도
기다리는 사람도 없이
사립문은 소리 없이 삭아가고 있다

별

조국의
밤하늘 바라보며

나는
이 별 저 별
헤매어 찾지 않는다

내가 찾는 것은
이제
밤하늘에 있지 않다

오직
내 뜨거운 심장 안에 있다

웃음

독재자나 성직자는 인간의 웃음을 뺏는다
웃음이 사라져 엄숙하고 심각하게 한다

웃음은
모든 구분을 사라지게 하기에
인간이 병들고 허약하도록
웃음을 뺏는다

그래야 동상이나 석상 앞에
두 손 모으고 고개 숙이거나
무릎을 꿇는다

우리는 웃음을 뺏기고 살 수는 없다
참지 마라 즐겁게 웃자
온몸의 세포가 춤추도록 신나게 웃자

무지개

캐나다에 살고 있는 딸아이가
얼마 전에 카톡에 밴쿠버 하늘의
쌍무지개를 보내왔다
딸아이 마음속에
무지개가 항상 걸려 있었나 보다

여름날 오후 비 개인 뒤
집 마당에서 여섯 살 딸아이와
하늘의 무지개를 바라보았다

아빠, 저 무지개 여기 꽃밭에 심자
순간, 꽃밭은 무지개로 변했다

지상에 내려온 무지개 꽃밭에 서서
딸아이와 나는 고개 들어 하늘을 보았으나
무지개는 우리 마음속으로 사라졌다

나는 붙잡을 수 없는 무지개를 좇아

지금껏 가슴 두근거리며 살아왔다

진주 캐기

어느 화려한 파티에서
하얀 목에 두른 진주 목걸이가
더욱 기품 돋보이게 하는
저것은,
부드럽고 고운 손이 아니라
갯벌 파헤쳐 조개 줍는
어느 거친 손이었을 것이다
거친 손이 빛나는 진주를 캔다

뺨

아빠,
나 유치원 보내줘
보채며 우는 딸아이
뺨 때리고
집 나온 아침
길가 패랭이꽃에 맺힌 눈물
누구한테 뺨 맞았나

예초기를 돌리며

어디 예초기를 한번 돌려볼까!

무서운 칼바람이 부조리와 불평등을 쓸고 지나간
자리에
잘린 목숨들이 어지럽게 스러져 있다

예초기의 칼바람이 기다려지는 사회!

농약 폭탄

벼가 자라는 논은 벼들만의 세상이 아니다
벼 포기 사이로 물풀이 떠 있고
미꾸라지, 우렁이, 개구리, 뱀,
두더지, 거머리, 지렁이가 살고 있다
아, 여기에 농약 폭탄!

제주 홍동백

눈이 펑펑 내릴 때
제주 홍동백 보러 가자

눈 덮인 가지에 빨갛게 핀 꽃
땅 위 내려앉아 다시 피는 꽃

가신 이의 넋으로
힘들게 피고 지고

추위 더욱 붉은 꽃
쓰러져 더욱 아픈 꽃

장면 · 1

집으로 날아든 폭격에 가족을 잃고
폭격이 없는 곳을 향하여
지금 한 아이가 걷고 있다
한 아이 앞에
끝 모를 사막이 펼쳐 있다

장면 · 2

난민을 실은 배 풍랑으로 뒤집어지고
한 아이는 바닷물에 쓸려
해변에 버려져 있다
버려진 아이의 머리카락을
바닷물이 잡았다 놓았다 훌쩍이고 있다

어항 속

갇혀 지내는 바다

열대어는
바다가 답답해

물 밖으로
가끔 한숨을 뻐끔거린다

뜻 모를 뜻

1
애벌레 삶을 거부하고
나비가 되는 뜻
개미는 모른다

평생 일만 사랑하는
개미의 뜻
나비는 모른다

2
하늘을 날던 나비가
지상에 누워 있다

개미가 죽은 나비를
제 집으로 끌고 간다

개미의 행동을 주시하는 나도

개미의 뜻 모른다

어느 화가

　그는 화가. 애인의 초상만을 그렸다. 그는 결혼을 원했으나 애인한테 미래가 없다고 핀잔을 받았다. 어느 날 술을 걸친 화가는 애인을 대문 밖으로 불러냈다. 갑자기 중등교사 임용시험 합격증을 애인의 턱에 들이대며 "야, 너 왜 내 피를 말리냐? 나하고 결혼할 거야?" 놀란 애인은 허락했다. 결혼 이후에도 화가는 부인의 초상만을 그렸다. 아이는 갖지 않기로 약속했기에 둘만의 오붓한 생활을 즐겼다. 그런데 화가는 갑자기 시국사건에 연루되어 감옥에 갔다. 일 년 넘게 형기를 마치고 출옥한 뒤 아내에게 아이를 갖자고 했더니 "우수하지 않은 종자를 받고 싶지 않다"고 해서 결국 헤어졌다. 화가는 진돗개와 함께 컨테이너에서 생활하면서 그 여인의 초상만을 그리다가 죽었다. 그는 과연 무엇을 사랑하였는가?

애벌레

내가 날아오를 수 있는
하늘은
거기, 그 자리에
항상 열려 있다

변해야만
내가 꿈꾸는
세상을 만난다

길을 걸으며

험난한 먼 길을 걸어
여기까지
내가 온 것은
내 몸 가장 낮은 곳에서
고통을 견뎌준 발이 있었기에

짠 바다

쉼 없이 일하는 노동자의 땀방울이 흘러든

그만큼,

바다는 짜다

짐

열매 익어
땅에 떨어지면
사과나무는 짐을 벗는다

어머니는
당신의 피눈물이 배인
서녘 붉은 하늘 속으로
한평생 짊어진 짐을 지고 가셨다

굼벵이

참나무 밑에서
꾸물거리는 저, 굼벵이

그렇게, 나도 견뎌왔구나

별 사랑

누구는 높은 산에 올라
별에 가까이 갔으나

누구는 낮은 곳으로 흘러
온 하늘의 별을 품었다

노을 진 뒤

갔다,

전 생애 하루살이 끝
진한 피눈물 걷우어
그 한 분이
갔나,

바다 건너
저 산
저 너머로

통곡의 밤을 남기고
갔다
갔다

천년 은행나무를 보며

저 은행나무는
맨 처음
은행 알 하나였다
은행 알 하나가
웅장한 서목의 경이로움을 품고 있었으니
고요히
홀로
한 자리에 서서
아,
천년

여행의 시작

자네는 서둘러 행선지를 찾네 그려
자네가 누구인지
과연 알기나 하는지 몰라

꽃

내 안에서
성장한 꽃나무이기에

꽃나무 안에서 자란 꽃은

꽃이
노래이고,
시이고,
춤이고,
웃음과 눈물이었네

제2부

장시

금강산

1

만수천의 봉우리들이 모여 금강산이다

이 겨레마다 봉우리 되어
이 나라가 되었다

이 나라 봉우리들이 흩어져
하나 되지 못하도록
외세의 간섭과 방해와 장난이 극심한데도
그대가 침묵하고 있는 것에 해석이 많다

나는 그대에게 피를 섞었기에
그대를 이루는 한 봉우리로서
나의 조국이요, 사랑인
그대를 노래하리라

2

그대는 언제나 거기 그 자리에 있다

해 질 무렵 문 앞에서 서성이며
자식을 기다리는 어머니의 심정을 헤아려 본다

나는 서서 달릴 수도 있고
뛰어오를 수도 있고
춤추거나 노래 부를 수도 있다

그대는 이미 그런 것보다
더 흥미로운 것을 보여주었는데
어리석은 이들이 외면했다

그대는 기다리는 권태를 뛰어넘어
아득히 먼 곳까지 그 아름다움을 펼쳐
선악으로 나눌 수 없게 되었다

3
부끄러운 비밀도 없이
그대는 그 자리에 있지만
그대를 만나러 가는 길은 가까우나 멀다

그대는 고유한 공간에서 존엄성과 특권을 지니고
있다

어릴 때부터 나는 그대의 이름을 듣고
그대를 노래하고 찬미했다

그 이후
그대는 나의 하늘이며, 꿈이며, 별이 되었다

그대를 만날 날을 나는 기다려 왔다
평생을 기다려 지금도 기다리고만 있으니

내 기다림은 끝나지 않았다

어떤 까닭이 있어
나는 내가 원하는 길을 가지 못한다

그대는 그 자리에 있건만
이 불안한 평온과 고요의 숨 막히는 긴장 속에
나는 그대와 만남을 끝내 고집하고 있다

   4
내 정신의 흩어진 모든 부분을 여기 한데 모아
그대에게서 순수한 열망을 찾는다

모든 흩어진 조각들을 한데 모아
유기적인 통일체를 이루고 있는
금강산으로 하나 되는 것,
가장 아름다운 그대의 품속을 찾아

나의 방랑이 끝나야 한다

그것이야말로 내 삶 속의 위대한 목표이며,
지상의 정상과 심연의 하늘이며,
내 최후의 안식처이다

세상의 온갖 산들이 모두 홀로다

그대 또한 홀로이지만 수많은 홀로가 모인 홀로다

그대는 홀로 있음으로,
홀로 있음의 아름다움을
그대 안에 가지고 있다

5
나는 표적을 찾아 날아갈 수 없는 화살이다

마침내 다른 별자리에서 바라보아야 내다볼 수 있는
곳,
그대가 있는 곳은 심연이다
내가 있는 곳도 심연이다

그대와 만남이 없기에
나에게 위안을 주는 것은 아무것도 없다

만남이 없는 것은 죽음이다

만나서 본다는 것은 죽음보다 깊은
심연을 본다는 것,

전율과 기쁨, 삶의 춤을 느끼면서
나는 그대를 만나고 싶다

그대는 나에게 항상

새롭고 아름다운 지상의 별이다

   6
그대가 부르는 소리 들린다

평생 가슴에만 사랑을 담아두고
만나보지 못한 여인에 대한 그리움으로
그대를 기다리고 있다

만남을 기다리며,
아름답고 창조적인 만남이 되기 위하여
나도 그대를 소리쳐 불러 본다

나는 이 겨레의 대변자로 그대를 선택했다

우리 민족,
우리 겨레,

그대는 우리 민족의 다른 이름이다

그대는 우리의 삶 속에 있다

현자와 성자는 모두 산으로 들어갔다

나는 현자나 성자가 되기 위하여 그대를 찾는 게
아니라
연꽃에서 미끄러진 이슬이
바다로 들어가 바다가 되듯
나는 그대를 만나
유기적인 전체인 그대와 하나가 되는 것,

미제 수십 년에 이르도록
그대의 품으로 가는 것이 저지당하여 살고 있으니
그대의 가슴에 내 무덤을 두는 것,
그대의 고독, 침묵과 평화,

홀로 있지만 지치지 않는 홀로,

새와 짐승들의 경쾌한 소리와 꿀벌을 모으는 향기로
기쁨 가득하게 빛나는 그대,

그대를 찾아 마침내 사아 힐 길,
내 삶은 그것을 기다려 살아왔다

7
그대는 태양을 맞이하고
보내면서 빛을 뿜어낸다

무엇보다 그대를 빛나게 할 태양을
그대의 머리 위에 모셔야 한다

태양이 없다면
그대의 아름다움도 드러나지 않는다

나는 세상 번잡을 피해 그대에게 가는 게 아니다

그대와 함께
세상의 아름다움을 제압하기 위하여 가는 게 아니다

그대는 아름다운 새와 짐승들과 나무와 바위와 꽃들과
행복에 넘친 불행을 살고 있기에
그대와 만남을 절실히 기다리는 것이다

그대와 그리고 나 또한 연결되어 있다
작은 풀잎조차도 아니, 하늘의 별과도 연결되어 있다

만나고 싶어 하는 내가 없다면
그대도 쓸쓸할 것이다
그대는 기쁨과 평화와 행복으로 충만하여

그것을 건네주거나, 나누어 줄 수 있다

    8
미지의 세계, 통일된 세계,
나는 그대의 알려지지 않은 세계로 뛰어들고자 한다

나는 나의 사소한 일상에 지쳐버렸다

그대를 믿지 못하면 믿을 게 아무것도 없다

사랑의 기술,
삶의 기술,
명상의 기술을 터득해도 부질없는 일이다

그대를 알기 위하여
나를 알기 위하여
우리의 만남은

뜨거운 사랑과 행복한 삶,
불평등과 분단을 거부한 웃음을 이루리라

   9
그대는 이 나라 이 겨레의 희망이
부유해지는 삶이 되었다

우리의 삶은 새가 드나들고 노래하고
철 따라 꽃 피며, 바람에 설렁이는 단풍,
솜이불 뒤집어쓴 그대의 가슴의 바위와 계곡을 따라
춤추고 노래하는 아름다운 세상,
그런 세상이 여기에 있거늘
우리 겨레가 외세의 부추김으로
싸움에 휘말려 불행한 것을,
그대는 말이 없지만 그대와 함께 살리라

내가 그대가 되리라

그대와 나는 유기적인 전체인 금강산으로 하나,
내가 금강산이고 금강산이 나인 것을

나뉘어 불행한 우리 겨레들을 껴안기 위하여,
그대 침묵의 언어를 이해하고 사랑하기 위하여,
애타게 만남을 기다리며 그리워만 하지 않으리라
오, 금강산아! 사랑하는 내 조국아!

바다의 시스템

1

언제부턴가
바다는 거대한 정신병동,
불치병 공화국이 되어
어머니 병든 자식 돌보듯
해조류와 물고기를 기른다

사적 이윤 없이
공공 욕구에 봉사하면서
거둬들인 오물을 정화도 하지만
수평적 삶 속에 뒤섞여
억압과 복종의 생활을 한다

멀리 수평선 밖으로 나갔다가
다시 해변으로 돌아오는 사이
미풍에 잔잔하게 흔들리다가
거센 태풍에 휘몰아친다

산과 계곡 안았으면서도 육지 넘보고
각 나라 영역 싸움에 뒤척인다

고통 속에 아픈 신호 보내면서
도전과 탈주 꿈꾸는
잠재적 일탈자이다

    2
바다는 수평에 내재한 폭력이 있다

천성적으로 폭력적이고 과격하지만
불평등 싫어해 잘 뭉쳐 평등하다

수직으로 협력하고
수평으로는 지속적 갈등이 있다

엄청난 권력 가진
수만 톤 거함이나 거선 이익 존중하고
작은 뗏목 이익
쉽사리 뺏기도 하는
불균형 구조가 유지되기도 한다

계층 간 이동이 크게 일어나
경쟁을 부추길 뿐 아니라
덮어씌우기도 한다

물방울들은 자신의 정체성 포기해
탐욕의 거품 이는 강에
빨대 대고 기진맥진 호흡하면서
일하지 않고 살 수 없는
세상의 시장에서 서로 경쟁해야 한다

모든 종류의 쾌락이 허용되고

내부에서 변화가 일어난다
이 지배 질서 억압의 신성함에 도전하면
대규모 무자비한 진압이 이루어진다

잔잔한 수평의 고요한 평화가
잠시 유지되기도 하지만
이는 폭력의 내면화다
곧 잔인한 폭력이 스스로를 정당화한다

폭력을 통한 정복과
새로운 식민지의 침탈과 저항을 덮친다
정복과 굴종, 공공의 선이나 공동체는
오직 서로의 피와 살을 벗기고 할퀴면서
시퍼렇게 날을 세운다

진부하고 세속적인 자유 운동의 실패를
거듭 위계질서로 바꾼다

그러나 불법을 해결하는 법을 모른다
감시, 조사, 평가를 받지만
처벌은 쉽지 않다

비어 있는 건물이나
토지를 점유하는 것은 불법이지만
바다의 막무가내는
불법이 아니기 때문이다

    3
바다의 시스템을 지배하는 자 누구인가?

강렬한 태양에너지에
자유방임의 소비주의가 하늘로 부활한다
고용의 강력한 흡인력이
끊임없이 일을 부추긴다
해고의 회초리가 경쟁을 들썩이게 해서

수많은 경쟁자와 다투게 한다

바다는 육식 동물의 거친 숨결을 느낀다
육식 동물은 산허리 길이 주요 탐색로다
멀리 갈매기 대신
대머리독수리 떼들이 날고 있다

기회주의 청소부가 몰리는 곳은
먹거리가 있는 곳,
부리의 절구질이 신나는 곳에
풀들이 일렁이고 맹수들이 나타난다

풀숲 사이를 헤치며 양 떼들을 덮친다
놀란 양 떼들이 이리저리
초원에 꿈틀꿈틀 흩어진다
초원은 한동안 평화가 깨진다

악화된 수질이 뒤집어지고
다시 통합하고 융화해서
협동하는 시스템이 작동한다

낮은 곳을 채워 높이를 맞추고
바다는 행복한 듯 물보라를 일으키고
내일의 세상이 좀 더 활기차도록
끊임없이 변화해서
자유분방하면서도 다양성이 결집해 있다

조화 있고 세련되어 장중하지만
더러는 광기나 망상이 일어나
알 수 없는 세상 꿈꾸며
항시 멈출 줄 모른다

   4
바다는 말발굽 소리가 들린다

기수의 채찍질 소리가 들린다
마권을 쥔 관중들의 함성 소리가 들린다

바다는 거센 호흡과 숨찬 거품의 물보라를
바닷가에 부리며 훌쩍거린다

바다는 수십만 마리의 말이 일시에 뛰어
엎치락뒤치락 순서가 뒤바뀌는 각축장이다

돈 따서 한 잔, 돈 잃어서 한 잔,
인생은 살아 있는 자신이 행복이고 불행이기에
있는 행복 다 누릴 시간 부족하여
하얀 마권이 바람의 채찍을 받으며
흐릿한 해변으로 흩날린다

온갖 짐승들이 맹수에 쫓기듯
생동감 넘치는 여기에

경주마들이 잔잔한 수평선에 대기하고 있다

경계 태세로 멈칫하다가
앞만 보고 전력 질주를 생각한다
마침 구름은 멋지게 피어오른다
수평선 끝 숲이 흔들린다
기수들이 일제히 숲을 빠져나온다
트랙엔 자욱하게 물보라가 인다

저쪽이다!
저쪽으로 내달린다
이쪽이다!
이쪽으로 내달린다
바다는 온갖 게임에 얼룩진 곳,
엄청난 피해자이며 동시에 정복자다

5

바다는 정복과 공격만 하는 것은 아니다

웃음과 평화, 기쁨을 지니고 있어
바다의 진동이 잠든 가슴 휘저어
어두운 영혼 관통한다

천국을 영원히 누리고 싶은 사람들의
탐욕과 두려움 거부하고
바다는 몸부림 끝에
자신을 정복했을까?

바다, 너는 무엇을 보았느냐?
허무와 죽음을

그러면 너는 지금 무엇을 하고 있니?
일하고 있어

무슨 가치가 있니?
일 자체에 가치가 있지

무얼 겁내니?
일 없는 것을

무얼 원하니?
편안한 휴식

당장 쉬지 그래?
쉴 수가 없어

그럼 평생 일할 텐가?
물론이지

바다는 하늘 걸어 다닌 기억을 지니고

상처 많은 곳에 누워 해일을 꿈꾸며

오늘도 거친 호흡을 고른다

안개세요?

안개여,
일체를 하나로 묶는 안개여,
오직 하나를 꿈꾸는 안개여,

너는 지상에 내려온 구름인가?
지상의 일 놓지 못해 하늘에 오르지 못한 구름인가?
지상을 초월해 하늘에 오르려는 구름인가?

지금 나는 이 안개 속에서
미쳐가며 어슬렁거리고 있다

   2
문조차 두드리지 않고
너는 소리 없이 왔다
나무와 단절된 가지를 밟고,
꺾인 가지에 달라붙은 잎을 밟고,
너는 자장가도 없이

산들바람의 속삭임으로 고요히 왔다

저 자연과 나를 가로막으며
저 이웃과 나를 가로막으며
그렇게 왔다
근심과 그리움이 생기고 친구가 생각났나

안개라는 친구,
본래 이름은 안개세였다

주위 친구들이 개세요? 안개세요? 놀리자 안개로
개명했다
　친구들이 "니가 개가 아니란 말이지? 그러면 우리는
개란 말인가?"
　또 시비 걸며 놀리자
　"진짜 내가 개가 되란 말이냐?"고 대들어서
　개가 두려웠다

이 개 주변에서 웅성거리는
개에 대한 진심을 들여다보는
진짜 개들의 정체가 무엇인지 잘 들여다보라

개들에 둘러싸여 있는 개의 심연에서
세상의 콧숨과 입김이 뭉쳐
안개가 피어올랐다

안개는 헐떡거리다
질식하듯이 가라앉았다가
이윽고 생기에 차 일어선다

　3
안개는 내가 사는 마을과 산과 강을 뒤덮는다
항구를, 바다를, 공항을, 덮는다
뱃길을 덮고

하늘 길을 덮고
철길을 덮고
고속도로를 덮는다

짐승이 길을 잃고
배와 기차와 자동차가 길을 잃는다
온 천지가 안개에 뒤덮이고
오직 나 혼자만 있다

나는 갈 길을, 방향을 잃는다
뱃고동 소리와 기적 소리와 클랙슨 소리가 들리고
군홧발 소리가 들리고,
들리는 것은 두려움뿐, 기다려야 한다
목적지가 있는 사람이나
목적지가 없는 사람이나
천지를 분간할 수 없는 이 상황에서는
오직 기다려야 한다

불안이 번져나가고
증폭된 불안에 가세하여
허둥대는 것을, 그러나 멈춰야 한다

    4
이제 안개는 종교가 되고
무법자가 되었다

안개는 정체불명의 그림자이다
그림자가 나를 둘러싸고 조여 온다
갑자기 그림자가 나를 덮친다

모든 것은 공허하고 외롭다
나는 무덤 속이 된다
산채로 매장되어 부활을 꿈꾼다

빛이 나를 구원할 것인가?
촛불과 촛불이 만나 빛이 될 것인가?
아득한 안개를 걷어버린 빛이 될 것인가?

죽기도 힘든 무덤 속에서
머나먼 세계의 빛을 찾는 일에
이미 지쳐 버렸다

촛불로 걸어 들어오라
촛불로 걸어 나가겠다

두려워하지 마라
새들도 갇혀서 날아오르지 못한다
쓸쓸한 죽음의 둥지에서 날개를 접고
눈만 멀뚱거리고 있을 뿐이다
고독이 웅크리고 있는 것이다

죽음의 고요가 자욱하게 덮여 있을 뿐이다
나는 전율했다

더 이상 걸을 수가 없다
천지사방이 길이고
천지사방이 길이 아니었다

  5
안개여, 개지 말라,
안개지 않는가?
개지 말라, 부모는 어디 계시나?
형제자매는 어디 계시나?
다들 안녕하신가?
찾아 헤매게 하라

이제 더 많이 방랑할 기회가 없어졌다

더 높은 산을 오를 수 없게 되었다
더 멀리 바다로 나갈 수 없게 되었다
더 넓게 여행할 기회가 없어졌다

오직 구름 속에 가려진
섬으로 남아야 하는가?

이제야말로 자유를 추구하라
이제야말로 방랑을 사랑하라

그런데 안개는 이대로 살라고
그냥 놔두지 않는 거다
미치게 한다
미치게 하는 상황에도
소리치지 않는 게 더욱 끔찍하다

미치게 하는 자들에게 외쳐라

난 짐승이 아니다
난 인간답게 살고 싶다
왜 나를 미치게 하느냐

　6
안개는 재난이고 삶의 장애 요인이고 방해물이다
길을 잃게 하고 목적지도 없애버린다
그러나 침묵과 진실은
재난과 상관없는 일이다

존재하는 것 자체 이외의
다른 욕망을 버린 자는
슬픔과 절망의 안개가 덮치지 못한다

안개 속에서도
우연 사이의 갈등과 아픔들이 사라지고
너무나 평온하고 고요하다

오직 자신을 발견할 뿐이다

순수한 열망이 정신을 꿈틀거리게 한다
시작도 끝도 없는 방랑자의 길에 서서
그 끝을 알 수 없는 길에
홀로 있음을 느끼리

정상이 어디 있느냐?
심연이 어디 있느냐? 물을 필요도 없다
안개 속에 홀로이면서
모든 유기적인 하나인 자신을 보라

7
짙은 안개 속에
요란한 발소리가 멀어지자
침묵이 흐르고 사방이 조용해졌다

침묵이 더욱 무서워졌다
조바심으로 두근거리는 시간이 지나가고
갑자기 비명과 함께 고함 소리가 들려왔다

안개 바람이
날카롭게 찢는 비명과
고함에 섞여 흔들렸다

공포 때문에
호흡이 견딜 수 없게 답답한 시간이 왔다

안개 속에 잠든 바보들, 어리둥절 올빼미들,
아아, 삶 자체가 꿈이라고
위안해야 할 것인가?

안개 속의 거짓을 보아라

미구에 안개를 몰아가는
거센 바람이 불어올 것이다

그리고 촛불은
다시 어둠을 데리고 갈 것이다

악몽을 씻어 버리고
신나는 잔치를 벌일 때가 올 것이다

안개의 바다를 건너갈 자들이여,
안개의 바다에서 익사하지 말라

역설적 세계관과 성찰적 언어의 확장성

심종숙(시인, 문학평론가)

1. 강상기 시인의 단시를 중심으로

똑딱 똑딱, 쏴아 쏴아…

강상기 시인의 마음에는 끊임없이 좌우로 흔들리는 통일의 시계추(「시계추」)가 작동 중이다. 거기에 따라 시인은 노구에도 쉴 틈 없이 문예 전사로 복무 중이다. 그의 글 쓰는 노동은 생산 현장에서 건설 현장에서 "쉼 없이 일하는 노동자의 땀방울이 흘러든 / 그만큼, / 바다는 짜다"(「짠 바다」)라고 했듯이 노동자와 함께 하면서 통일의 대양을 꿈꾸며 "쫓는 자와 쫓기는 자"

(「파도」)가 되어 파도친다. 그가 말하듯 "나는 따로 행할 일이 없다 / 거기 그대로 있는 바다 위에서" 파도처럼 이천만 노동자들과 대중들과 함께 통일을 이루려 스스로 쫓는 자와 쫓기는 자가 되고 '낙타'("노예의 삶을 자처한 / 그는 성직자다", 「낙타」)가 되었다. "거기 있는 그대로의 바다"는 이 땅의 민중들이 살고 있는 토대라고 보았을 때 민중의 바다에서 그는 해방과 통일을 꿈꾸는 시인이다. 그는 시계추("평생을 노동을 하였으나 / 그 끝은 / 멎어버린 너의 / 심장일지니")와 파도, 낙타의 삶을 받아들이면서도 그의 지향점은 해방과 통일이다. 이 땅의 민중들이 살고 있는 토대는 어떠한가. 「지뢰 지역」에서와 같이 분단으로 인해 미제의 캠프가 한반도 이남을 점령하고 있는 땅이다.

재선충으로
금강송이 벌겋게 죽어간다

방제할 수 없는
대인 지뢰 매설 지역
접근 금지

아직도 휴전 중인 나라

이 나라 곳곳 외인부대

–「지뢰 지역」 전문

금강송이 통일을 표상하는 나무라면 이 나무는 재선
충으로 죽어가고 손 쓸 방도가 없다. 70여 년간의 분단으
로 강대국의 틈바구니에서 남과 북이 버티어 가기 힘든
상황을 암시하는데 이 원인은 민족의 뜻과는 상관없이
분단된 한반도의 상황을 나타낸다. 제국주의는 식민국
에 대해 분할과 통치로서 작동된다. 그 결과 늘 선생
위기가 도사리고 있으며 반공주의를 유포시키고 분단
을 이용하여 온 세력의 정치적 야욕은 민중의 바람과는
상관이 없었다. 시인에게는 이 분단의 시대를 살아오면
서 시대와 역사 인식이 자리하고 있다. 분단에 따른
이산의 문제와 거기에다 산업화와 도시화에 따른 빈부
격차와 인간 소외 현상, 민주화의 물결 속에서 이 땅의
사람들은 하수구의 쥐처럼 해방과 통일의 빛을 그리워
한다. 시 「어항 속」의 물고기처럼 어항 속의 답답함에서
물 위를 그리워하고 하수구의 쥐처럼 오물과 같은 세상
으로부터 해방되고자 한다.

오물에 젖은 쥐가
하수구 밖으로 얼굴을 내민다
빛이 그리워서일까
오물 속 삶이 지겨워서일까

고양이에 질겁을 하는 동료들,
늙은 쥐들은 움직일 만한 체력이 없어
바깥 동정 살피기에는 위험하다

젊은 쥐들은 전투적으로 바깥을 동경하였으나
고양이나 개의 습격을 경험한 쥐는
바깥세상을 두려워했다

오물 속에서는 서로를 분간할 수가 없다
늙은 부모의 고통도 알 수 없고
하루하루 오물 속 먹이 찾는
자식의 답답한 마음 깊이를 부모가 헤아릴 수 없다

비명과 울음이 넘치는 하수구 생활에
역겹게 적응하거나, 적응 못 해
물건으로 떠내려가는 쥐들도 있었다

하수구의 삶은 형벌이었으나

먹이를 거기서 구하는 게 가장 쉬웠다

뜨뜻한 구정물에 음식 찌꺼기가 떠내려 왔으니까

빛이 그리워서일까

하수구 삶이 지겨워서일까

오물에 젖은 쥐가

하수구 밖으로 얼굴을 내민다

―「하수구의 쥐」 선문

이 시는 알레고리적인 기법으로 하수구의 쥐 떼들을 이 땅에 사는 사람들로 비유하였다. 이 알레고리적 전복은 직면한 현실에 눈감거나 입신출세만을 지향하는 개인주의적 사고를 부순다. 그리고 하수구의 생태계처럼 자본주의 시장 경제 질서와 최근의 신자유주의 사회 시스템, 세속화된 종교가 더 이상 구원을 줄 수 없는 오물이며 쥐들은 하수구에서 해방을 꿈꾼다. 이 해방은 함께할 때 가능한 일이다. 쥐와 고양이라는 대립 관계가 첨예하여 쥐 떼의 승리로 되어야 함에도 고양이들과 개들과의 투쟁에서 습격의 아픈 경험을

한 젊은 쥐와 힘이 없는 늙은 쥐의 모습에서 지배 권력과 분단의 주체에게 대항하는 것을 두려워하는 두 부류의 사람들이 보인다. 저항과 투쟁을 두려워하는 늙은 쥐와 패기 있던 젊은 쥐가 겪은 습격의 경험이 미제와 지배 권력에의 저항을 발목 잡는다. 분단되어 통일의 꿈이 좌절되는 가운데 70여 년을 지나오는 동안 오물로 변한 남녘의 정치 사회적 상황이 하수구이며 거기에서 구원되는 빛을 그리워하고 하수구가 아닌 해방된 영토를 그리워하는 오물에 젖은 쥐는 하수구 밖으로 끊임없이 얼굴을 내밀 수밖에 없다. 구원이 되어야 할 종교는 세속화되어 사람들에게 웃음을 빼앗는 대신 신상에 경배하고 절하게 하는 세태를 꼬집는 「웃음」에서도 잘못된 세계의 인도자가 어떻게 인간의 이성을 마비시키고 맹종으로 몰아넣는지를 보여주고 있다. 남녘의 정치적 조직보다 더 큰 조직이라면 조직을 지닌 종교 집단의 지도자들이 물질의 우상에 눈이 멀어 신도들의 눈을 밝혀줄 생각은 하지 않고 종단과 교회의 재산만을 불려 사원의 세속화가 종교적 안위에 부채질하는 현상을 보였다. 자신들의 이권을 보장해 주는 정치 세력에 발맞추어 신도들을 눈멀게 하고 그들의 주머니를 끝없이 털어가는 작금의 종교 사회의 현실을 비판하였다.

분단의 주체자를 우방으로 과대 선전 선동하여 거기에 하수인 노릇하는 권력자들이 대중들에게 숭미주의와 반공주의를 유포시켜 사람들의 의식을 마비시키고 저항의 싹을 자르려 했던 수많은 시도들 속에서 남녘의 사회는 점점 병들고 하수구가 되어 갔다. 그래서 시인은 하수구의 오물을 치우듯이 사회의 병폐를 예초기를 돌려 베는 작업을 하는 것 또한 시가 지향해야 할 목표라고 생각한다. 그것은 문학 예술을 통한 저항이다. 「예초기를 돌리며」에서 "어디 예초기를 한번 돌려볼까! // 무서운 칼바람이 부그리와 불평등을 쓸고 지나간 사리에 / 잘린 목숨들이 어지럽게 스러져 있다 // 예초기의 칼바람이 기다려지는 사회!"라고 하지 않았는가! 분단으로 인해 병들고 하수구 같은 사회로부터 시인은 해방과 통일의 문을 열고자 하다.

누가 통일문에 자물쇠를 걸었는가

마음을 걸어 잠그고
통일문의 열쇠를 찾는 이여

누가 당신 마음에 자물쇠를 걸었는가

당신 마음을 활짝 열어보라

통일문은 거기 열려 있다

–「통일문」 전문

통일은 마음의 문을 여는 것이다. 누군가가 통일의 문에 자물쇠를 걸었다. 그것은 미제와 미제의 편에 선 권력체들이었다. 그래서 사람들은 북녘을 악마화하는 그들 정권의 선전 선동에 넘어가 마음을 닫았다. 통일의 문은 걸어 잠근 마음을 먼저 열고 볼 일이라고 시인은 주장하고 있다. 그러면서 시인은 통일의 노래를 쉼 없이 부를 생각이다. "그것은 저절로 마음속에서 / 흘러나오는 노래 // 그것은 여기까지 / 나를 데려온 목마름 // 오, 목마름이여 // 물을 찾는 자가 / 비로소 물을 만난다"(「통일」). 강상기 시인에게 민족 분단을 극복하고 통일을 이루려는 신념은 하나의 목마름이었다. 목마른 자가 우물을 찾고 구하듯이 그는 민족 통일의 신념을 그의 과거와 미래에 이르기까지 계속 구할 것이다. 그것이 그의 노동이며 통일의 시계추가 작동하는 근원이며 바다의 파도가 쉼 없이 밀물과 썰물을 반복하여 치듯이 통일의 노래를 계속 부를 것이다. 그는 이 길을 걸어왔다. 그 걸어온 역사는 그의 시 「사립문」에 표현되어 있다. 통일의 문과 사립문은 다르지 않다. 이 땅의 많은 사람들이 사립문을 거쳐 일제에 항거하여 독립운동을 하러 떠나갔고 전쟁 시기에는 피난을 갔으며 산업화의 시기에는 돈 벌러 사랑하는 이들을 떠나 도시로 가는 열차에 몸을 실으면서 이향을 하였다.

어느 산골 폐가 사립문이 열려 있다
누군가 나고 들고 반복했을 사립문
한쪽으로 기울어 삭이고 있다
아내의 전송을 받으며
나라를 구하겠다고 떠난 남편
어머니의 손 나부낌을 뒤로 하고
돈 벌러 떠난 아들딸
사연 많은 사립문 위로
해방과 전쟁이 구름으로 흘러갔다
가족을 만나는 기쁨을 기다려
사립문 앞에서 서성거렸던 숱한 날들은 산으로 갔다
오늘도 돌아올 사람도
기다리는 사람도 없이
사립문은 소리 없이 삭아가고 있다

　　세월이 흘러 물질의 사립문은 삭아가지만 거기에 담긴 역사는 살아 숨 쉰다. 그 많은 역사와 사건을 안고 물질의 사립문은 삭아가지만 통일의 문은 열린다. 뜻 없이 집의 현관문을 나서는 것이 아니라 나서면서 자신의 발길이 어디로 향해 가는지를 시인은 깨닫게 해준다. 오늘 집을 나서기 전에 어떤 맹세를 하고 어떤 좋은 일을 이루고 다시 집으로 돌아올 것인가 시인은 삼백육십오 일 그런 상념 속에서 사립문을 나서듯이 현관문을 나섰을 것이다. 통일의 신념 속에서.

　　시의 언어는 제시하는 언어(디노테이션, 기표)와 함의하는 언어(코노테이션, 기의), 이 두 개를 뛰어넘는 메타 랑가주의 세계로의 진입이 일어난다. 이는 구조주의에서 후기구조주의로 넘어가면서 바르트가 말하는 언어의 다층성과 메타 랑가주가 생산하는 언어의 확장성에 있을 것이다. 이는 언어가 지니는 여러 층위의 다층적 특성이 지니는 오묘함이 아닐까 한다. 강상기 시인의 단시들에는 이와 같은 요소가 있기 때문에 직관으로 사물의 현상과 본질을 꿰뚫거나, 촌철살인의 경구적 요소, 삶을 꿰뚫어 성찰하는 폭 넓고 깊은 사유의 세계를 펼쳐간다. 시인은 그가 사는 시대의 바로미터로서 그가 바라보는 외부 세계에 대해 해석을 하면서도 끝없이 자아를 탐구해 가는 내면 세계에 눈을 두기도 한다. 특히 그의 사물에 대한 해석은 이토 게이이치의 발상법 중 눈에 보이지 않는 세계에 대한 발상법에 가깝고 그 표현은 현대 시가 추구하는 객관적 상관물에 자신의 사유를 투영시키는 방법이라 하겠다. 추상적이고 관념적인 명사를 객관적 상관물로 표현하는 기법은 감정을 이탈하여 사물에 운반하는 엘리엇의 시의 기교와 맥을 같이 하고 있는 것이다. 그러므로 냉철함과 이성과 사물의 본질을 꿰뚫어 이미지나 진부한 기존의 관념을 전복하는 데에서 시인의 시편들이 빛을 발하고 있다. 강상기 시인의 단시들에는 시대와 역사적 인식에서나 내면을 고요히 성찰하는 데서나 독창성과 예리함을 동시에 지니고 역발상에서 얻어지는 거꾸로 보기가 오히려 그의 시를 빛나게 해주고 있다고 생각된다. 「생밤」과 「반론」에는 역발상의 묘미를 이끌어 내고 있다.

눈이 내린다고 매화가 피지 않겠는가

냉장고에 넣어둔 생밤을 꺼내보니

봄이 오는 것을 어찌 알았을까

새싹이 배시시 웃고 있다

-「생밤」 전문

눈이 내리고 추위가 심해도 매화가 피는 것처럼 고난
과 시련 속에서도 매화는 꽃을 피운다. 한매를 통해
굳은 절개와 의지, 시련 속에서도 승리하는 매화의
기개는 그대로 일상에서 냉장고에 넣어둔 생밤으로
옮아온다. 생밤은 봄이 되어 냉장고 안에서도 새싹을
틔운다. 이것은 일상 속에서 만나는 체험이겠지만 시인
은 한매에 비유하여 온갖 어려움 속에서도 새싹을 틔우
는 식물처럼 이 땅의 역사적 고난 속에서도 의연하게
큰 강처럼 흘러서 현재에 이른 민중을 바라보고 있다.
생밤의 싹이 여성 이미지로 배시시 웃고 있다고 표현한
부분에서도 사물의 의인화는 친근감을 더 한다. 겨울
동안 냉장고에 저장되어 있는 둥 없는 둥 그 존재조차
잊어버린 생밤이 아니었던가. 시인은 봄의 어느 날
문득 발견한 싹이 튼 생밤의 존재에서 수줍게 웃고

있는 모습에서 봄 처녀를 바라본 것일까. 다음으로
「반론」을 보자.

그물에 걸리지 않는 바람이라고

그런데
왜
그물이 흔들리나

진흙은 더럽다고

그런데
왜
연꽃이 피나

-「반론」 전문

바람은 그물에 걸리지 않는다고, 진흙은 더럽다고들
하지만 시인은 거기에 반론을 제기한다. 바람이 형체가
없다고는 하지만 그물이 흔들리는 것을 보고, 진흙이
더럽다지만 무구하고 아름다운 연꽃을 피워내는 데서
시인은 기존의 관념에 대해서 이의를 제기한다. 「생밤」

과 「반론」은 역발상적인 접근이면서도 두 사물을 통해 비유적이거나 대구적으로 병렬하여 기존의 관념에 대해 이의를 제기하고 본질적인 부분을 이끌어 내고 있다. 「그의 행복」에서는 그야말로 범사는 생각하기 나름이라는 자세가 보인다. 이 시에서는 한센병 환자를 등장시키고 있다.

손가락, 발가락이 다 떨어져 나간
한센병 환자가 있다

눈은 짓물러 시력을 잃었다

쓰라린 혀를 쓰다듬어 가며
점자로 된 책을 읽는다

–「그의 행복」 전문

손가락과 발가락을 병마로 다 잃은 한센병 환자는 불행하다고, 어떻게 저런 천형을 받았을까 하고 생각하는 것이 대개의 생각들이라면 이 시에서 그 생각에 반론을 제기하고 시력도 잃은 그 환자가 혀끝의 감각에 의지해 점자로 된 책을 읽는다. 그는 고통스럽기에 책을 읽지 않아도 되지만 그에게 행복은 혀를 사용해서라도 책을 읽고 싶은 것이다. 여기에서 행복이라는 추상적인 관념을 시인은 한센병 환자를 통하여 시적으로 형상하여 행복에 대해 여러 가지로 생각하게 한다. 그 어떤 처지의 사람도 행복은 얼마든지 자신의 것으로 할 수가 있다는 점, 그리고 행복을 눈에 보이는 한센병자의 현실에서 찾아내는 것은 시인에게 역설적 세계관이 자리 잡고 있다는 것을 알 수가 있다. 이 정념은 시 「칸나」에서도 "담장 너머 / 핏빛 저녁노을 // 불구의 몸을 / 베란다 의자에 기대 앉아 // 붉은 칸나의 다비식을 / 고요히 바라본다"로도 불태우고 있다. 한매, 생밤, 진흙 속의 연꽃, 한센병 환자, 칸나는 모두 같은 고난과 역경을 딛고 생명의 기쁨이나 행복을 이루어 낸 승리의 표상이다. 시인이 이와 같은 고난과 역경을 넘어서 승리의 기쁨과 환희, 행복을 탐색하는 이유는 시인의 개인사적 경험(오송회 사건 연루)과도 무관하지 않을 것으로 추측된다. 그런 시인은 「빰」에서와 같이 "보채며 우는 딸아이 / 빰 때리고 / 집 나온 아침 / 길가 패랭이꽃에 맺힌 눈물 / 누구한테 빰 맞았나"라고 유치원 보내 달라는 딸아이를 때리고는 뒤늦게 후회하는 마음 여린 아버지이기도 했다. 어둡고 그릇된 권력이 난무하는 시대를 지나온 시인은 「새벽」에서 "생각이 거룩한 누군가가 목을 비트는지 / 닭 울음소리는 들리지 않는다"라고 하여 스스로 "생각이 거룩한 누군가"를 자처하는게 아닐까.

어두운 시대를 지나 새벽을 열어가는 것은 바로 역설적 세계관을 시적 아우라로 간직한 시인에 의해 찾아올 것이다. 시인은 이런 시대를 오게 하기 위해서 끊임없이 사유하여 강고한 통념을 부수고 시적 형상을 통하여 대중들이 이해하기 쉽게 작품을 만들어서 교양하여야 한다. 단순히 개인적 취미, 자기만족이나 문학을 통하여 입신출세하기 위해 정치적 권력에 추종하는 문인이 아니라 민족의 분단을 극복하고 자주 시대를 열어가는 시인은 문학 예술을 통하여 복무하여야 한다. 그러기 위해 시 작풍이 지녀야 할 요소는 시대를 꿰뚫는 매서운 눈매를 지니고 깊은 사유와 형상 미학을 실현해야 한다. 거기에는 한 시인의 시대와 역사를 통찰하는 깊은 사유가 있어야 하고 문학 예술가로서의 형상 미학을 실현하는 능력을 지녀야 한다. 그 능력은 우리 이웃들에 대한, 우리 민중들에 대한 깊은 사랑과 이해가 동반되어야 한다. 사물과 민중, 그리고 자기를 성찰하는 과정에서 시인은 사회적 시대적 역사적 존재로서 성장하여 간다.

이 땅의 민중이 어떤 시련과 고난을 겪어 왔는지 시인은 잘 알고 있다. 그래서 「눈물 주세요」에서 세월호와 이태원 참사로 대표되는 여러 가지 참사에서 시인의 눈물은 끊이지 않았음을 알 수 있다.

눈물 많은 세상 살아오면서

이제는
눈물샘마저 메말라 버렸다

나는 약국에 들어갔다
— 눈물 있나요?
— 네

나는 온갖 참사에 흘릴 눈물을 샀다

-「눈물 주세요」 전문

어렵고 혹독한 겨울을 지내오면서 눈물샘마저 말라 버려서 약국에 가서 온갖 참사에 흘릴 눈물을 사 왔다는 이 시는 읽는 이로 하여금 더욱 슬프게 한다. 첫 연에서 "눈물 많은 세상을 살아오면서"라고 하여 시인의 개인

사는 시대의 암흑과 같았다. 오송회 사건으로 사건 자체가 날조되면서 피체되고 고문과 감옥살이, 해직 등을 겪으면서 살아야 했던 지식인의 고뇌가 얼마나 극심하였으면 흐를 눈물도 말라 버려서 약국에서 온갖 참사에 흘릴 눈물을 사와야 했겠는가. 당연히 시인은 군부 독재 정권과 맞설 수밖에 없고 자신의 삶을 송두리째 짓뭉개듯이 한 이 폭압 속에서 저항하지 않으면 승리할 길이 없는 깜깜한 속을 시인은 살아내지 않으면 안 되었다. 하수구 같은 남녘의 세상에서 그는 시인으로서 저항을 하였다. 그 저항 정신이 시 「눈이 없어도 보인다」와 「열사」에서 꽃과 눈으로 표현되고 있다.

그녀는 독립 운동가였다
잔인한 일제 형사의 고문으로
두 눈이 뽑혔다

그녀는 외쳤다

나는 지금 두 눈이 없다
그러나 일제가 망하고
우리가 승리하는 날이 환하게 보인다

—「눈이 없어도 보인다」 전문

아스라한

절벽

통꽃으로 투신하는

동

백

꽃

—「열사」 전문

시인은 「눈이 없어도 보인다」에서, 일제강점기에
눈이 뽑히는 고문을 당하여 실명한 독립 투사가 육신의
눈을 넘어 마음의 눈에 바라보이는 조국 독립을 노래하
였다. 그리고 통꽃으로 떨어지는 동백꽃을 일제에 저항
하여 죽어간 애국 열사에 비유하고 그것은 여순항쟁
시기의 수많은 민중들의 저항과도 연결시킨다. 그리고
「제주 홍동백」에서도 "가신 이의 넋으로 / 힘들게 피고
지고 // 추워 더욱 붉은 꽃 / 쓰러져 더욱 아픈 꽃"이라고
하여 제주 4·3항쟁의 역사로 이끌어간다. 이 거룩한

애국선열들의 목숨 바친 삶과 억울하게 무리죽음을
한 민중의 삶에 시인 자신의 삶과 동일화한다. 특히
「눈이 없어도 보인다」에서 일제에 항거하다 실명한
애국 투사가 육신의 눈을 잃었지만 그 시련을 극복하고
마음으로 해방된 조국을 바라본다는 역설적인 표현이
곧 시인이 사물에 대해 인간과 사회 현상에 대해 지니고
있는 자세를 엿보게 한다. 시인이야말로 육신의 눈으로
보기에서 더 나아가 심안으로 현상들을 꿰뚫어 봄으로
써 '견자見者'에서 '관자觀者'의 위치로 진입할 때 더욱
그 영혼이 심오한 진리에 가까워질 수가 있다. 「별」은
시인으로서의 자세를 보여주는 시이다.

조국의
밤하늘 바라보며

나는
이 별 저 별
헤매어 찾지 않는다

내가 찾는 것은
이제

밤하늘에 있지 않다

오직

내 뜨거운 심장 안에 있다

–「별」 전문

별은 무엇일까. 그것은 시인의 이상이다. 하수구에서 해방되고 남녘과 북녘이 서로 바라보아서 하나 되고 너와 내가 하나 되어 이루는 세상이다. 시 「시력」에서 "미음 속에 묻혀 있는 눈을 / 똑바로 뜨고 // 너를 보는 것은 / 나를 보는 것"이며 "한 생명을 응시"하는 것이다. 통일은 억울하게 악마화와 타자화되어 대한민국의 헌법에서 '적'으로 지칭된 북녘의 민족들이 곧 '나'라는 인식은 타자화에 따른 차별과 배제를 극복하는 만해의 평등상의 세상이 구현되는 것이다. 이 별은 시인의 동경이며 지향점을 상징한다. 시인의 가슴에는 이 별이 빛나고 있다. 그는 이 이상을 좇아서 가는 사람이다. 그의 어머니가 사립문에서 기다린다. 그 어머니는 조국이다. 조국은 또한 어머니이다. 「어머님의 끝」에서 육친의 어머니는 생명이 다하여 이 세상을 떠났다. 그러나 어머니가 남긴 눈물은 실개천이 되고 강이 되고 바다가 된다. 이 땅의 생명과 평화를 위해 해방과 통일을 위해 헌신했던 사람들은 시인의 어머니와 겹친다.

산소마스크를 떼어냈다

순간,
어머님의 눈가에 맺히는 이슬

아직도 남은
어머님의 실개천

－「어머님의 끝」 전문

어머니의 눈물은 시 「짐」에서 "어머니는 / 당신의 피눈물이 배인 / 서녘 붉은 하늘 속으로 / 한평생 짐을 지고 가셨다"는 표현에서도 알 수 있듯이, '당신의 피눈물'과 일치하고 있다. 한반도의 비극을 짊어진 많은 어머니들의 고난과 시련 속에서 흘린 눈물은 곧 시대와 역사의 짐에서 기인하는바, 곧 시인이 온갖 무리죽음으로 눈물이 메말라 약국에서 구한 눈물과 무엇이 다르겠는가. 시 「웃음」에서 "독재자나 성직자는 인간의 웃음을 뺏는다"라고 했듯이 웃음의 반대인 눈물의 강은 바다로 흘러든다. 그 바다는 민중들의 바다가 아니겠는가. 한반도를 둘러싼 전쟁 연습과 전쟁 위기에서 시인은 무엇을 내다보는가. 그것은 이미 세계 도처에서 일어나고 있는 전쟁의 장면으로 표현된다. 시「장면·1」,「장면·2」는 전쟁으로 인해 비극을 겪는 어린아이의 삶이 사막화되는 것과 겹쳐진다. "집으로 날아든 폭격에 가족을 잃고 / 폭격이 없는 곳을 향하여 / 지금 한 아이가 걷고 있다 / 한 아이 앞에 / 끝 모를 사막이 펼쳐 있다". 이 시는 빈진 시로시 훌륭하머 아이는 어너니를이 낳고 길러왔다. 생명의 어머니들이 부재하고 홀로 남은 전쟁 고아의 삶은 고난과 시련의 사막이 된다. 해방과 전쟁이 사립문을 넘나들 때 우리 민족에게도 이와 같은 전쟁 기억의 역사가 있다. 시인은 "나는 붙잡을 수 없는 무지개를 좇아 / 지금껏 가슴 두근거리며 살아왔다"(「무지개」)고 고백하듯이 통일은 꿈이기도 하면서도 사라지는 무지개처럼 70여 년간 시인에게 요원하였다. 그 고통의 짐을 견딜 수 있었던 것은 "호수에 달이 뜬다 / 소리 없이 / 그렇게 / 내 마음속에 들어온 / 당신"(「달」)이었던 조국과 민족(어머니)이 아니었을까. 그러나 지금은 그 꿈이 이루어지지 않으면 안 되는 자주의 시대이며 시인은 그 먼 길의 평생을 시계추로, 파도로 머리보다 발로 걸어 왔던 삶이었다. 그 삶의 궤적이 「굼벵이」에서와 같이 "참나무 밑에서 / 꾸물거리는 저, 굼벵이 / 그렇게, 나도 견뎌왔구나"라고 스스로 위로한 다. 느린 것이 빠른 것이다, 라는 말처럼 시인은 견디고 살아오면서 시의 언어 속에서 순간을 벼리고 벼렸던 것이다.

2. 분단과 전쟁 위기를 돌파하는 장시의 세계

근대 장시는 최남선의 「경부철도 노래」(1908), 이광수의 「극웅행」(1917) 이후 1920년대에 유엽의 『소녀의 죽음』(1924)과 김동환의 『국경의 밤』(1925)에 이어 1930년대 김기림의 『기상도』에 이른다. 그러나 1940년대에 들어오면서 현대 장시로 전환점을 보여주면서 근현대 장시가 일제강점기, 해방기, 4·19혁명과 60년대, 70년대와 80년대에 이르기까지 산업화와 민주화 시기의 시대적 특색들을 잘 반영하고 있다. 한국의 장시는 한국 사회의 역사적 격동기와 도시화·산업화에 따른 이향과 인간성 상실의 문제, 민주화라는 시대적

좌표가 반영되어 있다. 여기에는 대립과 화해, 저항과 변혁의 에너지가 시적 아우라와 합쳐져서 장시의 세계를 펼쳐왔다. 대개의 시인들이 단시를 많이 쓰기 때문에 장시나 서사시는 상대적으로 작품 양이 적은 경향을 보인다. 그럼에도 불구하고 단시와 달리 장시가 지니는 유장하면서도 긴 호흡의 형식은 끝 간데없는 시적 상상력의 가지 뻗기와 그 가지에 달린 이미저리의 무성한 잎들의 총체로 깊이와 넓이를 더하여 한 그루의 나무가 자라서 장시의 본질과 목적에 도달한다. 장시는 당대를 살아가는 '산 인간'의 복잡하고 다양한 삶의 상황들을 세밀하게 묘사하여 이야기로 그리기도 하였고 시인의 통찰력으로 정치와 사회, 문화 전반을 꿰뚫어 현실 사회의 문제를 리얼리즘과 현대 시의 기법으로 실험적으로 창작하기도 하였다.

강상기 시인의 세 편의 장시 「금강산」, 「바다의 시스템」, 「안개세요?」는 리얼리즘의 정신을 바탕으로 하여 현대 시가 추구하는 미학적 방법을 융합시켜 생산한 소산물이라 할 수 있다. 그러나 강상기 시인의 장시에는 단지 문학적 기법이나 미학에 충실한 데 그치는 게 아니라 개인사적 경험에서 체현한 시대와 역사에 대한 통찰력, 그리고 사회 문제에 대해 극복하려는 돌파력을 지니고 있다. 강상기 시인은 개인의 역사에서도 민주화 시기에 시대와 길항해야 했고 이 시난한 투쟁이 이미 간행한 시집들에 투영하여 왔다. 이 견결한 투쟁의 자세는 쉼 없이 현재에도 관통하고 있다. 그의 세 편의 장시에서도 역사와 시대를 꿰뚫는 통찰을 바탕으로 저항과 변혁적 지향점을 내포시킬 수밖에 없는 것도 그의 역사와 시대에 대한 인식이 지렛대 역할을 하기 때문이다. 강상기 시인은 사물의 본질에 다가가 시를 쓰면서도 관념적이거나 관조적인 데에 그치지 않는 것은 시대와 역사를 통찰하는 시좌를 지니고 있고 그가 체현한 경험이 그의 시혼을 이루고 있기 때문이다. 민족작가연합의 고문으로서 역사와 시대적 소명에 충실한 시인은 시라는 문예 도구를 통하여 사회 변혁을 꿈꾸는 민중들, 문인들 그리고 일반 대중들에게 현실 사회의 문제를 알리고 함께 극복하여 돌파하고자 한다.

강상기 시인이 「금강산」에서 보여주는 역사 인식은 미제에 의해 우리 겨레가 분단되었다는 인식이다. 그래서 이제는 갈 수 없는 금강산은 시인에게 기다리는 한 여인이며 그대이고 당신이다. 이 애절한 그리움과 사랑의 대상을 통해 시인은 애석하게도 이 땅의 민중들의 뜻과는 상관없이 미제에 의해 이루어진 조국 분단의 현실을 아프게 그려내고 있다. "이 나라 봉우리들이 흩어져 / 하나 되지 못하도록 / 외세의 간섭과 방해와 장난이 극심한데도 / 그대가 침묵하고 있는 것에 해석이 많다" 분단의 역사는 이 땅의 민중이 주권자이지 못하는 현실의 고통을 반영하고 있다. "나는 그대에게 피를 섞었기에 / 그대를 이루는 한 봉우리로서 / 나의 조국이요, 사랑인 / 그대를 노래하리라" 이 시 구절에서 시인은 반제의 입장에서 민족 자주를 선언하고 금강산을 찬미하겠다고 한다. 바야흐로 민족 자주의 시대가 도래하였음을 시인은 만방에 알리고 숭엄하게 통일된 민족의 산인 금강산을 노래하겠다고 결심한다. 금강산은 바슐라르식으로 말해보자면 대지의 이미지이다. 금강산은 여느 산이 아니다. 북녘의 명산이며 현재와 같은 남북 단절 전에는 남녘의 민중들이 민족애로써 방문했던 곳이다. 그러나 지금은 갈 수가 없다. 일만 이천 봉으로 이루어진 명산은 곧 우리 겨레이며 그 봉우리 하나는 곧 시인 자신이라고 한다. 이러한 인식은 민족성을 일깨우고 있다. 금강산이 열리고 안 열리고는 남녘 정치인들과 북녘 정치인들의 합일된 의견으로도 열릴 수 있다. 그런데 분단의 상황에서 분단을 이용하여 기득권을 누리는 정치 세력은 금강산을 남녘 사람들로

부터 멀게 한다. 그러므로 이러한 상황을 시인은 돌파하기 위하여 금강산을 노래하겠다고 한다.

> 부끄러운 비밀도 없이
> 그대는 그 자리에 있지만
> 그대를 만나러 가는 길은 가까우나 멀다
>
> 그대는 고유한 공간에서 존엄성과 특권을 지니고 있다
>
> 어릴 때부터 나는 그대의 이름을 듣고
> 그대를 노래하고 찬미했다
>
> 그 이후
> 그대는 나의 하늘이며, 꿈이며, 별이 되었다
>
> 그대를 만날 날을 나는 기다려 왔다
> 평생을 기다려 지금도 기다리고만 있으니
> 내 기다림은 끝나지 않았다

강상기 시인에게 금강산은 에로스와 아가페, 필리아

의 사랑이다. 애인이며 어머니이고 조국이기 때문이다. 금강산은 또한 하늘이며 꿈이며 별이다. 즉 절대자이며 희망이며 이데아이다. 민족이 분단된 채 70여 년 된 '지금 여기'의 시인에게 금강산은 민족이 하나 되어 이루는 하늘이며 시인의 꿈이며 이상이요 동경의 별이다. 한 나라가 둘로 갈라져 있으면 망한다고 하지 않았는가. 민족이 하나가 되는 것은 절대자에게 합일하는 시인의 자아(나)이며 우리가 되고 이로써 꿈을 이루고 우리들은 영원한 동경인 별의 존재에 이른다. 금강산이 민족의 영산으로서 이상향이고 동경의 대상이며 영원히 찬미해야 할 이유는 여기에 있다. 그만큼 강상기 시인은 민족이 하나 되는 날을 마음속에 품은 여인을 기다리듯 고향 집에서 어머니와 재회하듯 하는 것이다. 그러므로 시인의 기다림은 끝이 없다. 기다리면서 무엇을 하겠는가, 시인은 끝없이 노래해야 한다. 노래를 부르다 보면, 시인이 민중들과 함께 부르다 보면 사랑은 이루어진다. 다시 하나가 될 날이 온다는 그의 강하고 굳은 신념의 표현이다. 대지의 이미지인 금강산은 또한 어머니이다. 그 대지에서 무엇이 돋아나는가? 생명을 먹이고 기를 풀이 돋아난다. 금강산 일만 이천 봉을 이루고 그 봉우리마다 풀과 나무들이 돋아 거대한 숲을

이루듯이 온 겨레가 자주적으로 통일을 외치고 부르면
하나가 된다. 이 주술적인 힘은 분단으로 인해 각자
단절된 마음이 열리고 하나 되게 하고 소통하게 한다.
강상기 시인은 그런 날을 꿈꾸고 기다리고자 한다.

모든 흩어진 조각들을 한데 모아
유기적인 통일체를 이루고 있는
금강산으로 하나 되는 것,
가장 아름다운 그대의 품속을 찾아
나의 방랑이 끝나야 한다

그것이야말로 내 삶 속의 위대한 목표이며,
지상의 정상과 심연의 하늘이며,
내 최후의 안식처이다

금강산은 시인에게 삶의 마지막 순간에 도달해야
할 안식처이기도 하다. 그러기에 시인에게 금강산은
삶이요 죽음이기도 하다. 삶을 살아가는 동안 많은
방랑 끝에서 돌아가는 어머니의 품속 같은 천국이 금강
산일 것이라는 시인의 인식은 피를 나눈 형제 같은
금강산이기에 가능하지 않을까. 지상에서 금강산보다

높은 산이 있건만 시인은 지상의 정상이요 심연의 하늘
이라 여긴다. 모든 흩어진 조각이 유기체적 통일을
이루는 금강산이야말로 그의 이상이요 동경이다. 완전
한 존재이며 그가 도달하고자 하는 이상이기에 드높은
데서 빛나는 별이다.

「바다의 시스템」은 금강산의 이상이 작동하지 못하
는 현실의 시스템을 비교적 세밀하게 이미저리로 조형
하고 있다. 바다가 지니는 물의 이미지, 여성의 이미지
는 병들어 있고 정신병동에 비유되고 있다. 거기에는
수평과 수직의 권력이 삭풍하고 충돌하거나 살아 있는
인간을 병들게 하는 공간이다. 그 공간이 왜 병들게
되었는가에 대한 시인의 예리한 진단과 통찰은 실로
놀랍다. 바다라는 사물을 통해 이렇게도 넓고 깊은
사유와 상상력을 이미저리로 조형하는 시인의 창작력
이 놀라운 것은 기존의 시인들이 바다에 대해 노래했던
것과 다른 세계를 창조했기 때문이다. 그것은 금강산이
라는 이상향과는 반대되는 흑암의 역사와 어둠의 세력
이 판치고 있는 현재의 시스템화 된 사회와 국제 질서를
비판하고 있다. 여기에는 바다를 매개로 하여 강대국의
약소국에 대한 제국주의적 침탈의 역사가 고스란히
유추되고 있다.

언제부턴가

바다는 거대한 정신병동,

불치병 공화국이 되어

어머니 병든 자식 돌보듯

해조류와 물고기를 기른다

사적 이윤 없이

공공 욕구에 봉사하면서

거둬들인 오물을 정화도 하지만

수평적 삶 속에 뒤섞여

억압과 복종의 생활을 한다

멀리 수평선 밖으로 나갔다가

다시 해변으로 돌아오는 사이

미풍에 잔잔하게 흔들리다가

거센 태풍에 휘몰아친다

산과 계곡 안았으면서도 육지 넘보고

각 나라 영역 싸움에 뒤척인다

고통 속에 아픈 신호 보내면서

　　도전과 탈주 꿈꾸는

　　잠재적 일탈자이다

　바다는 인간에게 아픈 신호를 보내고 있다. 침탈과 후기 산업사회의 물신주의, 향락주의와 소비주의가 남긴 쓰레기들로 바다 생태도 함께 병들어 있다. 창세기의 기원으로서의 외경감과 자유롭고 생명력이 넘치는 바다는 거기에 없다. 바다는 침탈과 생태 위기로 내몰려 있기에 바다도 아우성을 지른다. 신자유주의에 편입된 사회는 시스템화되어 인간의 권리를 묵살하고 있다는 냉철한 인식이 시인의 눈에 들어왔다. 그런 바다에는 어머니의 넓고 깊은 품이 없다.

　　바다는 수평에 내재한 폭력이 있다

　　천성적으로 폭력적이고 과격하지만

　　불평등 싫어해 잘 뭉쳐 평등하다

　　수직으로 협력하고

　　수평으로는 지속적 갈등이 있다

엄청난 권력 가진

수만 톤 거함이나 거선 이익 존중하고

작은 뗏목 이익

쉽사리 **뺏**기도 하는

불균형 구조가 유지되기도 한다

계층 간 이동이 크게 일어나

경쟁을 부추길 뿐 아니라

덮어씌우기도 한다

물방울들은 자신의 정체성 포기해

탐욕의 거품 이는 강에

빨대 대고 기진맥진 호흡하면서

일하지 않고 살 수 없는

세상의 시장에서 서로 경쟁해야 한다

모든 종류의 쾌락이 허용되고

내부에서 변화가 일어난다

이 지배 질서 억압의 신성함에 도전하면

대규모 무자비한 진압이 이루어진다

잔잔한 수평의 고요한 평화가

잠시 유지되기도 하지만

이는 폭력의 내면화다

곧 잔인한 폭력이 스스로를 정당화한다

폭력을 통한 정복과

새로운 식민지의 침탈과 저항을 덮친다

정복과 굴종, 공공의 선이나 공동체는

오직 서로의 피와 살을 벗기고 할퀴면서

시퍼렇게 날을 세운다

바다가 지니는 폭력성을 고발하는 이 시는 과히 획기적이다. 그간 역사적으로 해양 세력에 의한 바다의 침탈이 많았음에도 바다는 서정의 대상이었다. 대부분의 시가 바다를 서정의 대상으로 하였다. 그러나 역사적으로나 현재의 바다는 위태롭다. 전쟁이 일어나 있거나 전쟁 위기에 처해 있다. 그런 시스템 속의 바다는 수평선 아래 폭력이 내재되어 있다. 계층 간 경쟁, 불평등과 불균형, 폭력을 통한 정복과 굴종, 서로 피와 살을 벗기고 할퀴는 저급한 공동체들, 진부하고 세속적인 자유

운동의 실패 등이 바다의 시스템 아래에 발생한 문제들이다. 여기에 바다의 물방울들은 민중일 것이다. 자신의 정체성을 포기하고 탐욕의 거품 이는 강에 빨대를 대고 기진맥진 일하지 않으면 살 수가 없는 무한 경쟁의 시대에 노동자들의 삶은 고단하다. 여성 이미지인 바다는 어머니였다. 그러나 여기에는 어머니의 품이 없다. 이 사랑을 잃은 바다는 침탈과 굴종과 억압이며 무한 경쟁의 시스템이 돌아가는 사회이다. 잘못된 사회를 바로잡고 민중들에게 알려주어 올바른 사회로 변화 발전시키기 위해 민중들로 하여금 행동하게 해야 할 자유 운동은 진부하고 세속화되어 실패하였다는 뼈아픈 통찰은 사랑 없는 운동이, 민족의 개념을 희석시킨 운동이 얼마나 기만적인가를 날카롭게 바라보고 있다.

"바다의 시스템을 지배하는 자 누구인가 // 강렬한 태양에너지에 / 자유방임의 소비주의가 하늘로 부활한다 / 고용의 강력한 흡인력이 / 끊임없이 일을 부추긴다 / 해고의 회초리가 경쟁을 들썩이게 해서 / 수많은 경쟁자와 다투게 한다" 사랑의 어머니 품속을 잃은 그곳에는 폭력과 억압이 난무한다. 남의 나라를 침탈하는 전쟁이 일어난다. 사랑을 잃어버린 시대 현실에서 태초 생명의 근원이었던 바다는 없다. 바다는 병들고 그것도

142

정신병동이 되어 유폐된 좀비들의 각축장이 되었다는
인식은 반생명적이며 반사회 생태적인 공간을 구축하
여 지배와 굴종이 판을 치게 된다. 사랑을 잃어버린
곳에는 각종 이권과 권력 다툼 끝에 충돌의 전쟁 위기만
음산하게 인간을 불안과 두려움으로 몰아가고 있다.
시인은 이 위기의식을 지니고 대중들에게 절규한다.
"바다는 하늘 걸어 다닌 기억을 지니고 / 상처 많은
곳에 누워 해일을 꿈꾸며 / 오늘도 거친 호흡을 고른다"
시인의 언어가 이렇게도 절박한 것은 단말마의 신음과
고통에 짓눌린 이들의 소리를 감지하기 때문이다. 이
불안 의식과 두려움은 「안개세요?」에서 안개가 지니는
특성으로 모호함, 불안, 불명확, 두려움으로 표출된다.
이 안개를 피워내는 이들은 바로 '개들'이다. 「안개」
1절에서 시적 화자 '나'는 미쳐가며 어슬렁거리고 있다.
「안개」 2절에서 안개의 정체를 드러내고 개들과의 관
계가 연결된다.

안개라는 친구,
본래 이름은 안개세였다

주위 친구들이 개세요? 안개세요? 놀리자 안개로 개

명했다

친구들이 "니가 개가 아니란 말이지? 그러면 우리는
개란 말인가?"

또 시비 걸며 놀리자

"진짜 내가 개가 되란 말이냐?"고 대들어서
개가 두려웠다

이 개 주변에서 웅성거리는
개에 대한 진심을 들여다보는
진짜 개들의 정체가 무엇인지 잘 들여다보라

개들에 둘러싸여 있는 개의 심연에서
세상의 콧숨과 입김이 뭉쳐
안개가 피어올랐다

　안개라는 사물에서 정체성과 본질을 찾아내고 이름
에서 언어유희적인 발상으로 '개들'의 정체를 이끌어
내어 참신한 발상의 재치와 트릭을 느끼게 하지만,
바다의 시스템을 작동하여 사람들을 불안과 공포, 두려
움으로 몰아가는 정체가 개들이라는 인식으로까지 사
유의 가지를 뻗어가는 시인의 상상력은 독창적이다.

「안개」 3절에서는 안개의 폭력성을 드러낸다.

　　짐승이 길을 잃고
　　배와 기차와 자동차가 길을 잃는다
　　온 천지가 안개에 뒤덮이고
　　오직 나 혼자만 있다

　　나는 갈 길을, 방향을 잃는다
　　뱃고동 소리와 기적소리와 클랙슨 소리가 들리고
　　군홧발 소리가 들리고,
　　들리는 것은 두려움뿐, 기다려야 한다
　　목적지가 있는 사람이나
　　목적지가 없는 사람이나
　　천지를 분간할 수 없는 이 상황에서는
　　오직 기다려야한다

　　불안이 번져나가고
　　증폭된 불안에 가세하여
　　허둥대는 것을, 그러나 멈춰야 한다

안개는 시적 화자 내가 사는 마을의 산과 강을 뒤덮는

다. 개들의 숨이 뭉쳐 안개가 되어서 집과 차들을 덮고 도시를 뒤덮는다. 안개 속에 홀로 존재하는 시적 화자는 방향을 잃는다. 존재를 두려움과 고독으로 몰아넣는 안개 속에서 뱃고동 소리, 기적 소리, 자동차의 클랙슨 소리, 군홧발 소리가 들린다. 들리는 것은 소리로만 들려오고 실체가 눈앞에 보이지 않기에 두려울 뿐이고 그 속에서는 기다려야 한다. 증폭된 불안으로 허둥댈지라도 멈춰 서 있지 않으면 안 된다.

안개는 정체불명의 그림자이다
그림자가 나를 둘러싸고 조여 온다
갑자기 그림자가 나를 덮친다

모든 것은 공허하고 외롭다
나는 무덤 속이 된다
산 채로 매장되어 부활을 꿈꾼다

빛이 나를 구원할 것인가?
촛불과 촛불이 만나 빛이 될 것인가?
아득한 안개를 걷어버린 빛이 될 것인가?

죽기도 힘든 무덤 속에서
머나먼 세계의 빛을 찾는 일에
이미 지쳐 버렸다

촛불로 걸어 들어오라
촛불로 걸어 나가겠다

두려워하지 마라
새들도 갇혀서 날아오르지 못한다
쓸쓸한 죽음의 둥지에서 날개를 깁고
눈만 멀뚱거리고 있을 뿐이다
고독이 웅크리고 있는 것이다

「안개」 4절에서는 안개가 종교가 되어 무법자가 되었다. 시적 화자 나는 고독과 싸우며 죽음이 가까워 오는 불안과 두려움에 가득 차 있다. 무덤 속이 된 나는 산 채로 매장되어 부활을 꿈꾼다. 머나먼 세계의 빛을 찾는 일에 이미 지친 나는 "촛불로 걸어 들어오라 / 촛불로 걸어 나가겠다"라고 죽음과 같은 고독 속에서 외친다. 제도화된 종교의 세속화는 인간에게 억압이요 착취일 수가 있다. 종교의 부패와 타락이 어제오늘의 일이 아니다. 안개가 종교가 되어 무법자로 변신한 것은 안개가 개이고 종교가 인간 구원을 위해 있지 않고 인간을 수단화하거나 사후 천국을 팔아서 종교인들의 주머니를 털고 맹신하는 인간을 만들어 내는 악마화된 종교는 안개의 개들에 지나지 않는다. 그러나 시인은 유한한 존재인 인간이기에 삶과 죽음, 일생의 운명에서는 벗어날 수가 없다. 그러기에 시인은 머나먼 세계의 빛을 찾기에 지쳤고 촛불로 걸어 들어오길, 촛불로 걸어 나가길 바란다. 참다운 진리가 인간 구원의 빛을 밝혀주는 세상은 깨달은 자들의 실천을 통해 바다의 시스템과 안개를 걷어내어 만드는 창세기 시원의 바다일 것이다. 우리가 그것을 꿈꾸는 것 또한 새로운 생명을 되찾아 가는 과정일 것이며 시인은 깨어난 이들의 촛불이라고 생각하는 듯하다. 그런 날이 도래할 때까지 시인은 "미치게 하는 자들에게 외쳐라 / 난 짐승이 아니다 / 난 인간답게 살고 싶다 / 왜 나를 미치게 하느냐"고 외칠 것이다.

강상기 시인의 장시 「금강산」, 「바다의 시스템」, 「안개세요?」는 이 세 편이 유기적인 결합 관계를 지니면서 전체로서 하나의 지향점을 추구한다. 「바다의 시스템」과 「안개세요?」가 현실의 인간 사회를 부자유스럽게 하고 옥죄이는 신제국주의적 국제 질서, 권력, 전쟁 등이라면 그것으로부터 구원에 이르는 것이 「금강산」이 아닐까 한다. 「금강산」은 이상이며 동경이요 꿈이며 사랑이다. 그 사랑은 에로스의 사랑과 아가페의 사랑, 필리아의 사랑이다. 이 사랑이 없는 사회는 인간을 죽음과 같은 고독과 불안, 두려움으로 내몰아 간다. 그리고 누군가의 폭력으로 억압과 굴종이 전횡한다. 사랑이 없는 인간 세계는 그야말로 바다의 시스템과 안개의 개들이 설치는 세상이 될 것이며 강상기 시인은 이러한 세상에 대해 깨어난 시민들의 촛불을 통해 사회를 변화시켜 나가고자 하고 시인 자신이 문학 예술을 통해 거기에 복무하고자 이 세 편의 장시를 집필하게 되었으리라 짐작된다. 그가 꿈꾸는 사회는 사랑이 넘치는 사회이다. 아무도 고독하지 않고 아무도 헐벗지 않으며 아무도 억압받지 않고 아무도 짐승 취급받지 않는 사회이다. 그는 천국에서 복지를 얻기보다 이 지상에서 그 복지를 실현코자 시 쓰는 그의 일을 멈추지 않을 것이다. 강상기 시인에게 금강산은 이 길에서 늘 떠받쳐 주는 어머니의 품이 될 것임이 틀림없다.

웃음

초판 1쇄 발행 2024년 7월 15일

지은이 강상기
펴낸이 조기조

펴낸곳 도서출판 b
등 록 2003년 2월 24일 (제2023-000100호)
주 소 08502 서울시 금천구 가산디지털2로 169-23 1501-2호
전 화 02-6293-7070(대) 팩시밀리 02-6293-8080
누리집 b-book.co.kr 전자우편 bbooks@naver.com

ISBN 979-11-92986-26-5 03810
값_12,000원